# 句集
# 薬包紙 二

小出　悠紀子

# 薬包紙二

## 目次

惜春　5
涼風　29
稲穂　67
冬帽子　91
雑煮膳　111
跋　122
あとがき　126

目　次

画・小出　福佑

# 惜春

春来る繰り出す朝の車椅子

認知症連れ立ち歩む春の園

## 惜春

病癒え心も癒えて春の野に
花の便り病とかれて旅支度

気遣ひのシーツ交換春の色

雛祭り白寿と古希の親子かな

千羽鶴増やす窓辺の春日差し
長病に耐へて迎へる春なれど

難病を背負うて挑む春登山

桜舞ふナースの声の華やぎて

春嵐退院の刻定まらず
病室の名札変はらず桜散る

凍返る病棟の夜灯は消えず

春兆す八歳の子が将棋指す

夫の画く絵に春色のゆたかなり

花種を蒔くや十坪の庭なりし

介護度を聞きて頷く春の午後

病む窓辺ピンクに染めて桜草

闘病の開花を見ずに逝きにけり

花吹雪歓喜あらはに障がい児

気配りの病院食や春を呼ぶ

麻痺の手に五弁の椿握りしめ

病床を払ひ清めて四月かな

長病みや残花の散るをとどめたき

燕来る気配のありて良き日かな

春の来て臥せし老父の頬の艶

紆余曲折の重き笑みあり内裏雛

春寒や病気遣ひ閉会す

春日和医師の言葉に笑み浮かべ

歯ごたへの程良き独活の酢味噌和へ

惜　春

病み上りの春の嵐によろめきて
花咲くも友の外泊許されず

花明かりさらに寂しき夜道なる

春装の想ひ出今も独り言

花見して長居となりし老の家

しばらくは病みし老父に花語る

春の水水子地蔵に掛け流す

行春の港ヨコハマ赤レンガ

惜　春

去り難し老父手を振り春惜しむ

春暁や眠気を払ふ剣と杖

惜春の歴史絵巻や北陸路

刻々と進む病や花遠く

春めくや今日のリハビリ延長す

父逝けど代々の畑春を待つ

春来たる萎えたる足をもて一歩
春なれど続いて届く訃の知らせ

# 涼風

病む人の白き手に置く柏餅

百歳の父が見回る青田かな

父が残す農事日記や田植季

友逝きて眠れぬ夜の梅雨豪雨

友の忌や一句捧ぐる鵜飼船

冷奴崩して固め認知症

病臥の日々長期予報は酷暑とか

虫干しや波乱を生きし亡母偲ぶ

茗荷摘む妣の姿を偲びつつ
浴衣着て病を忘れ出掛けたる

酷暑予報病の友を憂ふなり

夏疲れ旅に疲れて母娘かな

夏風邪に古き病を連想す

検査データー若葉の下に開封す

老い風呂は菖蒲の浮かぶ炭酸湯

三河路に絣の娘茶摘み歌

一筆箋しのばせ新茶贈りたる

病状を説明の医師汗拭ふ

病状報告梅雨の豪雨にかき消され

お茶好きな友逝き新茶間に合はず

梅雨の朝卒寿の師長逝かれけり

認知症のベッドに正座新茶汲む

認知症隠す老父の汗悲し

終はりなき介護の日々や梅雨長し

団扇持ち辛き呼吸に風送る

家庭菜園花の如くにミニトマト

宣告の不治の病や梅雨時雨

検査データー冷や汗流し開封す

梅雨豪雨史跡流してしまひけり

初オペの汗にまみれて研修医

夏の演武塩を舐めては挑むなり

髪切つて酷暑に耐へて臥せるかな

梅雨明けや腰痛どこかへ消えてをり

酷暑に耐ふる卒寿白寿のホームかな

酷暑乗り切りホスピスに安堵あり
生きる証の尊き汗を拭ひたる

植木鉢に蟬の亡骸夜の明けて

板取川に流されし友鮎走る

大夕焼カーテン引くをためらひて

新緑へ気合ひ一声空手道

新緑の迫る奥美濃無人駅

雨上り新樹の光なほ強く

食欲の落ちし夕べの冷やし汁

白靴を履き七十路のバスの旅

梅雨の傘色取り取りに通学路

乱れ髪かきあげ汗の乙女かな

歯科医師の白衣に染みる背《ナ》の汗

諏訪路来て想ふ恩師の夏演武

鮮やかに傘干されゐて梅雨晴間

故郷に老父がひとり梅雨の空

甚平の誰にも好かれ鍼灸師

露地植ゑの茄子に声掛け園児達

老僧の経に合掌梅雨明くる

寝付かれず孤愁いよいよ熱帯夜

## 涼　風

森閑や熱田の杜に涼求め

冷茶飲み一人語りの老の朝

愛猫の続く酷暑に雲隠れ

心太しばし昭和に浸りたる

遠雷や夜の一雨を待つこころ

採れたての薬味に使ふ茗荷の子

昔農夫の父は骨太汗拭ふ

色褪せしクローゼットの夏帽子

涼風にしばし病窓開け放つ

涼風に酒量を増やす夕べかな

白靴を履いて八十路に近き夫

長病みの白きうなじに汗にじむ

筋萎縮も歩行決行梅雨晴間

体位交換新旧ナースの汗したたる

人工呼吸器の音より強く梅雨の音

父の日や遺品の中に薬包紙

夏空へ紙飛行機は薬包紙

# 稲穂

句友逝きはや三年の秋句会

風さやか力のもどるウォーキング

稲穂

盆明けや介護認定列をなし

盆提灯家紋の重み伝へたし

師の教へ脳裡に読経盂蘭盆会

残暑見舞一筆書きに心あり

コスモスの揺るる畦行く車椅子

曼殊沙華咲く坂道を墓参り

笑みたたふ菩薩を描く秋彼岸

初捥ぎの林檎に息吹感じをり

読みかへす日記に憂ふ夜長かな

認知棟寝言と会話秋深し

父百歳柿も百歳小振りなる

過疎村の茸時なり賑はひぬ

稲穂

虫の音に呼応するかに認知棟

検査データー百寿の秋を堂々と

患者食秋ふんだんのちらし寿司

冬支度想ひ出箱を開けて閉め

盆僧の読経はテノール風抜ける

父手掛けし葡萄の小粒嘆き合ふ

友の訃にただ仰ぐのみ秋の空

来し方を滔滔と述べ敬老日

嵐にも耐へ老木のぶだう園

リハビリに栗の実数ふ童歌

三ヶ根の紅葉を背負ひ吉良港

父伏せば柿喰ひに来る鳥の群

老いの紅少し濃いめに秋祭り

伏して知る新米の粥美味きこと

障がい児の作りし案山子並ぶかな

次世代を憂ふ口伝の茄子の馬

盆供養墓石にルーツ探るかな

車窓より声のかけたき秋の富士

老父管に繋がれ笑顔秋日和

秋祭り出でし神輿の古きかな

名月や命を請ひし窓辺なる

病む人の深き吐息や秋夜長

病む人の林檎一つに涙して

車椅子繰る手鮮やか秋日和

稲　穂

病む父に稲穂握らせ語りあふ

病む人を電話に見舞ふ夜長かな

冬仕度狭くなりたる四人部屋

闘病のあさがほに折る薬包紙

稲　穂

初盆や長病みと知る薬包紙

# 冬帽子

健診のデータまとめ十二月

診療の医師に豆まく認知症

認知症眼力の出て節分会

認知棟童女の如く豆をまく

当直のナースの走る冬の朝
病む人の手に温かき玉子酒

冬帽子

重症病棟流行風邪を警戒す

いつの間に添ひ寝の猫や朝寒し

病む窓辺師走の街に思ひ馳せ
厚着増え外来棟の込み合へり

人込みの師走の街を車椅子

空つ風白衣の裾をひるがへす

年末年始家風の重みひしひしと
着ぶくれてベッドに正座だるまの如

待春のラジオ体操夜明け前

サンタ走りナースも走る認知棟

冬の雨ホスピスの窓なほ暗く

患者食病みて知りたる煮大根

冬帽子

冬帽子術後の為と置かれたる
ドクターヘリ枯葉舞ひあげ発進す

療養病院咳に慄く四人部屋

軒先に老女無口に毛糸編む

重ね着の一時帰宅の老父かな

亡き人を想ひ偲びぬ年の暮

誰がための老母笑顔に毛糸編む

孤独とて老いを養ふ大晦日

父老いて師走のあゆみゆるゆると

石仏の春待つ顔と思ひけり

病窓に舞ひ込むものに一枯葉

クリスマス孫のピアノの音美しき

温かき医師の一語や年暮る

今朝の窓冬将軍の雲流れ

ドクターヘリ寒波の空を旋回す

また一棟ビル建つ街や空つ風

又ひとり句友の逝きて年暮るる

一切の病撥ね除け冬帽子

水仙花故郷の香をあふれさせ

# 雑煮膳

枕辺の賀状に期する薬効果

病窓より柏手打つて初日の出

百歳の父の賀状を神棚に

百歳の扉を開け仰ぐ初御空

忘れじとひとり里風の雑煮餅

初詣山門前の車椅子

初詣手話もて祈る障がい児
点滴に福の一文字年賀かな

一人正月訪問介護待ちわびて
病み臥せる友へ賀状に一句かな

元旦の訪問看護出勤す

年越すや恙の峠なほ越せず

外泊の叶はぬ人に雑煮膳

認知症棟遍く初日射してをり

雑煮膳

初日浴びドクターヘリの離陸せり

去年今年人工呼吸器正常に

雑煮食ぶ亡き父母偲ぶ老二人

雑煮膳

# 跋

小出悠紀子さんが句集『薬包紙』を刊行されたのが、平成二十八年九月であった。三年前のことである。このたびの句集は、昨年ご逝去された厳父前田光史様の一周忌を迎えるにあたり、その供養にと、刊行を思いつかれたとのこと。小出さんは、医療及び社会福祉等の事業に深く携われ、超多忙な生活を過ごされているが、毎月の投句は一度たりとも欠詠されたことがない。このバイタリティーはどこから来るのか私にはわからないが、大いに私に力を与え続けてくれていることは確かである。

＊

共鳴句をいくつかあげると、

夫の画く絵に春色のゆたかなり

跋

行春の港ヨコハマ赤レンガ
千羽鶴増やす窓辺の春日差し
難病を背負うて挑む春登山
百歳の父が見回る青田かな
冷奴崩して固め認知症
三河路に絣の娘茶摘み歌
甚平の誰にも好かれ鍼灸師
コスモスの揺るる畦行く車椅子
父百歳柿も百歳小振りなる
三ヶ根の紅葉を背負ひ吉良港
リハビリに栗の実数ふ童歌
人込みの師走の街を車椅子
温かき医師の一語や年暮るる
ドクターヘリ枯葉舞ひあげ発進す

これからもお仕事に、そして俳句にと、長くご活躍されることを祈念して、句集上梓のお祝いの言葉といたします。

令和元年九月吉日

石渡　旬

# 跋

# あとがき

『薬包紙』を亡父の百寿の記念として上梓させていただきましたが、亡父はさらに三年頑張りました。そして今年十一月に一周忌をむかえます。父に推されて再開した俳句です。私の元気なうちに一周忌の仏前に供本をと、チャレンジしました。前回同様に父の嫌いな生き死に、病と、障害がどうしても主になってしまいますが、師中戸川朝人先生の遺訓に従い、なお継続しております。

＊

現在、薬包紙はほとんど頓服以外はなくなり、機械化されてしまいました。医療も介護も様変わりし、今後もさらに福祉医療は行政指導のもと、変化をしていくことでしょう。

＊

花鳥風月を詠むようにならなければと思いつつも、なかなか脱皮できずにおります。加齢とともに句も上達して枯れていかなければならないところ、本当に枯れてしまいそうですが、亡父のことを想い浮かべながら頑張っていきたいと思う今日この頃です。

令和元年十月

小出　悠紀子

● 著者紹介 ●

小出　悠紀子（こいで　ゆきこ）

昭和21年２月７日　神奈川県横浜市に生まれる
平成８年　「方円」入会、中戸川朝人先生に師事
平成19年　方円賞受賞、同人に推薦される
平成23年　俳人協会会員、中戸川朝人先生逝去により石渡旬先生に師事
平成28年　第一句集『薬包紙』刊行

連絡先　〒465-0041　愛知県名古屋市名東区朝日が丘75-1

句集　薬包紙 二

著　者　小出　悠紀子
発行日　令和元年十一月二十五日　初版発行
発行者　奥村　文泰
発行所　株式会社日本ビジネスプラン
〒一一四―〇〇〇五　東京都北区栄町一―一
電　話　〇三―五三九〇―七六七三
FAX　〇三―五三九〇―七六七四
振　替　東京〇〇一一〇―一―一八七六五三
乱丁・落丁本はお取り替えします。
編集／ペネット


ISBN978-4-86114-546-9